KB168699

고급인생

Over a Wall
Poetry
31

고급인생

강돈희 시집 9

 담장너머

시인은 시에 중독된 사람입니다

중독 -

나를 중독시킨 건 시(詩)다
술도 커피도 여행이나 쇼핑이 아닌
시가 나를 중독에 빠트렸다

나는 완전히 시에 중독되었다
시가 주는 중독의 세계는 더없이 크지만
나는 좋은 시를 찾아 기꺼운 유랑을 멈추지 않는다

경제적 부담이 없어서 더 즐거운 시 중독
시가 건네어 주는 행복으로 가슴이 충만하다
오늘도 나는 시와 더불어 산다

시인은 시에 중독된 사람입니다.

살면서 중독되는 것이 하나 둘이 아닌데, 그 많고 많은 것 중에서 왜 하필 시에 중독이 된 것인지 정말 신기한 일입니다. 시에 중독이 되면 심각한 증상과 부작용을 낳습니다. 돈도 되지 않는 그 일에 빠져 산다는 것이 가장 큰 문제입니다.

비록 시에 중독이 되었다고는 하지만, 시는 저에게 마약이 아닌 보약으로 작용했습니다. 시라는 보약을 마음껏 먹을 수 있었던 것은 저의 가장 큰 행운이자 기쁨이었으며, 그 덕분에 더욱 맑고 건강한 몸과 마음을 가질 수 있게 되었습니다. 그것이 지금의 저를 세운 토대가 되었습니다.

"시가 보약입니다!"

부끄럽지만 작은 자긍심을 갖고 여기 자식과 같은 또 한 권의 시집을 세상에 내놓습니다. 여전히 구슬만 만지고 있는 것은 아닌지 모르겠습니다. 언제 멋진 보석이 될는지 아직도 까마득하게만 느껴집니다. 시가 주는 보약의 기운을 받아서 끝없이 펼쳐진 두렵고 아찔하게 먼 시의 세계를 향해 즐거운 마음으로 한 걸음 더 앞으로 다가갑니다.

갱상일층루!
그것이 지금의 저를 한 계단 더 높게 키워줄 것입니다.

고맙습니다.

2019. 6
뻐꾸기 소리 아련한, 이른 여름날 채선당에서…
강돈희

차례

차례

형편은 초라해도
감성은 언제나 반짝반짝

사는 모습은 궁색해도
영혼만큼은 늘 푸른 하늘

1부
고급인생

세상 사는 재미

고양이 한밤중
담 넘어가면 외박이다
어디 숨겨 논 애인이라도 있는 듯

기온 뚝뚝 떨어지고
칼바람도 매서운 이 한겨울 자정 무렵
집 나서는 고양이 몸놀림 가볍다

가뿐하게 뛰어오른 높은 담벼락
사방을 찬찬히 둘러본 후 사뿐히 뛰어내려
어디론가 사라져 버린다

오늘 밤 또 어느 곳에선가
가슴 설레는 황홀한 시간 만들어 갈 것이다
고양이도 세상 사는 맛과 재미 알고 있다

1부 고급인생
고급인생

목도리

큰돈 주고 산 목도리
푹푹 썩고 있다

견물생심에다
따뜻하단 유혹에 그만

남들은 폼 나게
잘도 하고 다니는데

오리털만 줄곧 입다 보니
완전히 찬밥 신세

어느새 겨울은 다 가고
봄이 저만치 오는데

개시도 못 한 채
앰한 세월만 출렁출렁

성공의 법칙

마당까지 쳐들어온 풀을 뽑는다
책 대신 풀과 씨름한다

서방님! 들어가서 책을 보세요
풀은 제가 뽑을 테니

성공한 남편 뒤에는 언제나
지극한 내조를 하는 아내가 있다

과거시험 없는 지금
그런 걸 바라는 건 꿈이다

우리 집 마님 책 보는 나를
풀이나 뽑으라며 밖으로 내몰았다

나의 성공은 갈수록 멀어지고 있다
풀이나 뽑는 나는 겨우 풀과 동격이다

지구가 돈다

그대 보고 있는가
지구가 돌고 있는 것을

그대 느끼고 있는가
지구가 조금씩 움직이는 것을

그대 알고 있는가
지구가 나를 중심으로 돈다는 것을

보금자리

아파트로 이사 가야겠다
마누라 등허리가 휜다

마당 있는 집 사랑했으나
부딪히는 일 너무 많다

풀 뽑는 일부터 주변 정리에
흙먼지 이는 불편까지

언제나 넉넉한 공간으로
우리 즐거움의 터전이었으나

부족한 일손과 능력으로
너를 다스리기엔 힘이 약하다

더 늙기 전에
마누라 등 더 휘기 전에

이제 아파트로 이사 가야겠다
마당 없는 새 보금자리 찾아야겠다

팥빙수

중년 연인 팥빙수 먹는다
머리를 맞대고 작은 소리로 속삭이며
엄지 척 맛있다는 표시도 하면서

젊은이들 북적이는 커피전문점 안의 작은 풍경
바깥의 지글거리는 태양이 시샘하겠다
팥빙수 정말 달콤하겠다

고급 인생

지갑은 서민이지만
마음 하나만은 만석지기

형편은 초라해도
감성은 언제나 반짝반짝

차는 비록 경차지만
머릿속엔 시가 바글바글

가옥은 허름해도
정신세계는 널널한 고래 등

사는 모습은 궁색해도
영혼만큼은 늘 푸른 하늘

맞장구

으음 네 네
맞아요 으으음 음
네 맞아요 음 으음 네
그렇죠 네 네 정말 그래요

'네' 와 '음'
'맞아요' 와 '그렇죠'
딱 이 네 마디 말만 있어도 충분히
대화가 되고 마음 통한다

듣기도 좋고 말하기도 쉽구나
고개 끄덕이며 마음으로 맞장구쳐주는 것
남의 말 잘 듣는 것 잘 들어주는 것
정말 소중하고 아름다운 일이다

입은 하나고 귀는 둘인 이유가 바로 이것이다

우리 아버지 취하셨을까

우리 아버지 취하셨을까
25도짜리 두꺼비를 세 잔이나 드셨는데
세월은 강물처럼 흘러 흙이 되신지 어느새 1년
그토록 좋아하시던 소주 한 잔 크 소리 절로 나셨겠지

우리 아버지 불콰하게 취하셨을까
바람 좋은 이 가을날
아들과 며느리가 따라드린 소주 석 잔
맛나게 드시고 기분 좋은 하루 보내고 계시겠지

우리 아버지 달콤하게 취하셨을까
술 못하시는 엄마와 정답게 나눠 드셨을까
엄마도 훅 술기운 올라 오랜만에 흐뭇해하셨을까
못다 한 효도가 아닌 잘하지 못한 불효가 가슴을 찌르는데

당부

그대여
행여 내 꿈 꾼다면
나랑 눈싸움하는 꿈을 꿔주오

그리고
부디 꼭 날 이겨주오
내 머리에 예쁜 눈덩이 꼭 맞춰주오

단, 너무 세게는 말고
그대가 이겼다고 손뼉 치며 기뻐하는 모습
나도 마음으로 그리고 있다오

호호호 해맑게 웃는 그 모습
내가 직접 볼 수 없음이 안타까울 뿐이라오
세상이 다 그대 것인 것처럼 마음껏 웃어주길 바란다오

* 영화 "님아! 저 강을 건너지 마오"를 보고.

모순

산정호수는 안 가도
라오스는 간다

국립수목원은 못 가도
필리핀이나 태국은 간다

차 타고 가는 곳은 못 가도
비행기 타고 가는 곳은 잘 간다

몇만 원이면 갈 곳은 안 가도
돈 백 이상 드는 곳은 기꺼이 간다

내 고장 내 나라는 안 다녀도
남의 땅 다른 나라는 기를 쓰고 다닌다

남자는

남자는 참

여자가 무심코 던진
연락드리겠다 찾아뵙겠다
한 번 들리겠다는

그 한마디 말에 목을 매고
이제나저제나
그거 하나만 기다리며 산다

내가 그랬다

단비 내리는 가슴

감동 잘하는 가슴은 따뜻한 가슴
그 속엔 늘 눈물이 흠뻑

감동 못 하는 가슴은 차가운 가슴
그 속엔 늘 먹구름만 가득

감동이 많으면 눈물도 많고
감동이 없으면 눈물도 없어라

고운 네 가슴엔 오늘도 단비 내리는데
메마른 내 가슴엔 언제나 요란한 천둥소리뿐

회장님

모두 회장님만 끼고도네
회장님 모르는 사람 어디 서러워 살겠나

너무 그러지들 마
우리 집에도 회장님 계신다

동네 부녀회장님
우리 마누라

업보

눈[目]이 문제

안 보면 욕심도 없으리

황홀한 인생

술기 덜 빠진 저 아저씨
손에 검은 비닐봉지 하나 들려 있다
아마 또 술 사 가시는 모양이다
점잖게 뒷짐 지고 맨발에 슬리퍼 질질 끌면서

이제 또 한 잔 더 마시면
세상에 두려운 게 하나도 없을 것이다
어쩌면 술기운을 빌어 살아온 인생인지도 모른다
어차피 뭔가에 늘 취해 사는 게 인생 아닌가
빈 잔에도 취하는 게 인생 아니던가

마시는 즐거움이 백 점이라면
몽롱하게 취하는 묘미는 이백 점이고
꼭지가 비틀어질 때까지 마시면 삼백 점이야
이렇게 살아 술 즐길 수 있으니 황홀한 만점 인생 아닌가

밀어내기

인생은 밀어내기다

좋건 싫건
자의건 타의건
어차피 어느 순간이 되면
절로 밀려나게 되어 있는 것이다

밀어내기는 야구에만 있는 것이 아니다

여유로운 마음

커피 물 끓인다
설레는 마음으로

예전엔 끓자마자
뜨거운 물 부었으나

지금은 한 김 빠진 뒤
천천히 붓는다

그만큼 마음이 더
여유로워졌다는 이야기

마음 느긋해지자
커피 맛 더 향긋해졌다

버킷리스트

죽기 전에 꼭 한 번 타보고 싶은 건

"대전 발 영 시 오십 분 목포행 완행열차"

*가수 안정애 '대전 블루스' 노랫말 차용

행복

떨어져 살면서 서로 못 잊어 하는 것이 사랑이냐
멀리 있으면서 애타게 서로 그리워하는 것이 행복이냐
가난하게 살아도 마음 맞춰가며 함께 사는 게
더 큰 행복 아니겠느냐

물설고 낯선 타향으로 타국으로 헤어져
아무리 서로 잘산다고 할지라도
그런 삶보다 가까운 곳에 항상 있어
언제라도 볼 수 있고 만날 수 있는 그런 삶과 사이

부르면 한걸음에 달려가고
아무 때라도 찾으면 반가이 맞아주는
희로애락 다 함께 나누어 가며 한 식구로 그렇게
오롯이 살아가는 것이 삶이 주는 진정한 행복 아니겠느냐

약손

아내가 몸살로 드러누웠다
이마도 짚어 보고
손목 잡아 맥박도 본다

당신이 의사야?
아내가 웃으며 말 건넨다
그럼 내가 의사야!

내 손이 약손이야!

누가 지었을까

누가 이렇게 예쁜 이름 떠올렸을까

이름이 예쁜 사람일거야

마음도 하늘처럼 넓고 큰 사랑일거야

2부
방울토마토

만찬

날 좋은 봄날
서을 번동 귀족예식장에서
귀족처럼 식사했다

수백 명 들어가는 큰 홀
열 명씩 앉는 큰 원형 테이블을
혼자서 독차지하고 앉아

아무도 손대지 않은
정갈하고 다양한 잔치 음식들을
잔잔하게 흐르는 음악을 차분히 감상하며
마음껏 맛과 느낌을 즐겼다

이처럼 여유롭고 한가로우며
푸짐한 식사는 태어나서 처음이었다
기분도 분위기도 맛도 최고
이윽고 그 큰 홀이 다 찰 무렵 나의 만찬은 끝났다

단 한 가지 아쉬움이 있었다면
곁에서 시중드는 예쁜 집사가 없었다는 것
고급 와인이라도 한 잔 곁들였으면
정말 우아하게 폼 났을 것을

만사가 다

만사가 다 귀찮은 날이 있다
그냥 그대로 쓰러져 잠들고 싶은 그런 날

주린 배도 채우는 둥 마는 둥
옷도 벗는 둥 마는 둥

세싱모르고 누가 업어 가도 모르게
그렇게 한없이 깊은 잠 자고 싶은 날 있다

세상사 모든 일이 다 힘들고 고단해서
뭐가 뭔지도 모르게 곯아떨어지는 그런 날 있다

미련

다 썩은 고물차에
미니스커트 미인이 탄다

내 차는 저 차보단 더 나은데
왜 내 차엔 저런 미인을 못 태우나

무슨 문제가 있기에
왜 나에겐 저런 복이 없나

업보

고양이가 아침에
참새를 또 한 마리 잡아 왔다
벌써 세 마리 째다

저놈은 제가 큰 죄를
지었다는 사실도 모를 것이다
그러니 앞으로도 지 짓을 계속하겠지

참새로 태어나 고양이에게 잡혀 죽다니
날짐승 최대의 수치다
불상사도 이런 불상사가 없다

하긴 이 모든 것이
다 지가 타고난 운명일 터
좀 더 잘살아 보려는 마당에 생을 접었다

슬프고 아쉽지만 이미 엎질러진 물
도리 없이 끝났지만
다음 편에 더 웅대하게 이어질 것이다

기대하시라 개봉박두

행복의 비결

시 한 편 읽지 않았다고
부끄러워 마라

세상엔 그런 사람
차고 넘친다

그렇더라도
시 한 편은 읽고 살아라

세상을 더 아름답고
풍요롭게 사는 방법이다

접는다는 것

달력을 뜯어내며
세월을 접고

문자를 띄우고서
미련 남은 마음을 접는다

딱지를 접으며
동심을 가득 키웠듯이

이 가을을 접으며
나이 먹을 채비를 한다

새 달력을 맞으며
식어버린 마음을 접고

새해를 맞으며
한숨과 눈물을 접는다

큰 먼지

이제 그 꿈을 접어야겠다
30여 년을 한결같이 꾸어온 꿈
여의도 금배지 그 찬란하고 황홀한 소망

털어서 먼지 안 나는 사람 없겠지만
내 먼지는 크고 굵을 것이 너무도 뻔하므로
다른 누구 것보다 더 검고 더 쏜득할 것이 확실하므로

영광과 명예보다 먼지가 더 무거울 것이므로
털고 또 털어도 끝없이 큰 먼지 일어날 것이므로
무엇보다 세상에서 가장 무서운 것은 사람들 마음이므로

소망

'뜨거운 안녕' 을 다시 듣는다

"또 다시 말해주오
사랑하고 있다고
별들이 다정히 손을 잡는 밤"

나도 네 손 다정히 잡아보고 싶다

* 뜨거운 안녕: 가수 쟈니 리의 히트송, 노랫말 차용.

3점 슛

인생에도 3점 슛 있었으면 좋겠다
시원하고 한 방에 승부를 가르기도 하는 3점 슛

깨끗하게 꽂히는 장거리 슛은
보는 사람에게도 통쾌한 느낌을 선사한다

차곡차곡 인생의 점수 쌓이기는 슈터이고 싶다
짜릿하게 한 방으로 승부를 뒤집는 멋진 승부사이고 싶다

그렇다고 로또 같은 복권으로 일확천금을 노리거나
뜬구름잡기식의 대박을 원하는 것은 아니다

중요한 승부의 고비마다 위기를 벗어나거나
깊은 안개 속 같은 침체의 늪에서 새로운 전기를 만드는

반드시 꼭 필요한 없어서는 안 될
그런 소중하고 보배로운 존재가 되고 싶다

큰 진실

세상엔

착하고 예쁘고 똑똑하고
건강하고 재주도 많고 부잣집 딸인
그런 여자는 없다

여섯 가지는커녕
이 중에 세 가지 정도를 가진 여자도 드물다
난 겨우 한 가지만 보고 택했다

착한 거
그거 하나!

방울토마토

이름이 참 예쁘다
방울토마토

한 알 한 알 먹기도 좋고
맛도 좋은데

누가 지었을까
누가 이렇게 예쁜 이름 떠올렸을까

이름이 예쁜 사람일 거야
마음도 하늘처럼 넓고 큰 사람일 거야

도대체

그 넓은 주차장
차 댈 곳도 많은데

굳이 주차한 차 옆에다
바짝 붙여 주차하는 이유는 뭘까

그 넓은 공간 다 놔두고
그 너른 마당 텅텅 비었는데

멀찌감치 뚝 떨어져서
넉넉하게 주차하면 얼마나 좋을까

마음이 옹색한가 보다
아무리 바빠도 그렇지 이게 뭔가 도대체

낭비

낭비가 일상이다

법을 어겨가며 거는 온갖 현수막
큰돈과 시간 잔뜩 들였다

기어코 떼어내고야 마는 막강 공권력
거기에 엄청난 세금 든다

하루 이틀도 아니고
끝없이 되풀이되는 서글픈 술래잡기

이게 다 낭비 모조리 슬픈 낭비
그걸 보며 끌탕 하는 내 영혼의 시린 낭비

기도

하느님!

새해 첫날 아침
이 땅 위에서 모르는 사람에게
씨팔놈아 미친년아 욕을 해댄 모든 사람을 용서하시고
그들에게 큰 자비와 사랑을 베풀어주시옵소서

욕을 한 그들의 마음인들 편했겠습니까
그들의 입장과 사정을 헤아리지 못한 죄 크옵니다
욕을 할 수밖에 없었고 그래야만 했던 저들의 거친 언사를
깊고 크신 사랑으로 감싸주시옵소서

또 다시 언제 오늘과 같은 행동을 되풀이할지 모릅니다
그렇더라도 너그러이 받아주시고 용서하옵소서
결코 고쳐질 수 없음을 아나이다
부디 죽는 날까지 그들을 보살피고 사랑으로 아껴주시옵
소서

열대야

벌써 열대야다
한여름 아직 멀었는데
창문이란 창문 다 열어도 덥다

오늘도 열대야다
마음이 더우니 몸도 덥다
한여름 찔 거 생각하니 끔찍하다

내일도 열대야란다
파리 모기 설치는 거 보니
올여름도 수월히 보내긴 어째 틀렸다

이번 주 내내 열대야 예보
한밤중에도 무더워 잠 못 이루는데
이제 겨우 여름의 문턱 벌써 그리워지는 가을

몽상

나보고 1등 하라는 아내의 주문
웃기는 이야기다
꿈도 안 꾼다 그런 건

될 일을 말해야지
턱도 없는 이야길 쉽게 하다니
은근히 놀리는 거 같다

진짜로 1등 할까 보다

여름을 보내며

욕심은 줄였으나
근심은 늘었다

미련을 접은 대신
열정을 키운다

어느덧 이 해도
부질없이 반은 지나

뜨겁던 여름 기울자
성큼 다가온 가을

2부 방울토마토
고급인생

복숭아 닮은 자두가
소녀의 볼처럼 물들고

무성해진 풀들은
키 자랑에 여념 없네

뒤꼍에 청아한 매미 소리
선연하게 들려오는데

방구석에 처박힌 채
세월과 놀고 있는 사람

아버지의 매듭을 풀며

아버지가 매어놓은 매듭을 푼다
매듭을 풀면서 다시는 영영 뵐 수 없는 아버지와
아버지의 그 야무진 끝맺음을 생각한다

따스하게 느껴지는 아버지의 매운 손길
나는 아버지의 솜씨를 따라가려면 아직도 한참 멀었다
다른 것도 그렇지만 매듭에 관해서는 더욱 그렇다

묶고 조이고 졸라매면서 마무리하는 그 일에
빈틈이 없다고 할 정도로 완벽한 솜씨를 아버지는 지니셨다
그런 아버지에 비해 내 솜씨는 솜씨라 할 것도 없다

부전자전이란 말이 나는 부끄럽다

만우절

작은 집 다녀와서
여유 있게 커피 한 잔 마시고
책 다시 읽기로 하자

칙칙한 흙비 내린 다음 날의
차분한 오전 한나절이
엄벙덤벙 어제처럼 심심하게 흐르는데

오늘은 즐거운 만우절!
웃음 주는 새빨간 거짓말이라도
농담 삼아 가볍게 한번 해보고 싶은 그런 날

거짓말해 본 적이 언제였던가
기억에도 없으시다면
오늘 같은 날 재미로 한 번 해보시는 건 어떠신지

오늘은 거짓말해도 되는 만우절
너무 큰 거짓말로 사람을 놀라게 하면 안 되지만
상식이 통하는 선에서 적당히 하시길…

하늘이 품은 물

엄청난 폭우 쏟아져 큰 물난리 났단다
집 무너져 떠내려가고 수많은 이재민 생기고

근데 그렇게 많은 물이 하늘에 둥둥 떠 있었다는 거지?
세상을 뒤바꿀 만큼 무서운 저 물들이

구름 속에 꼭꼭 숨어 놀고 있었다는 것이지
지금 쏟아지는 저 소나기도 하늘이 품었다는 것이지!

정말 신비하고 신기한 일이네!

인생이란 나들이

이 바람 한 점 없는 뜨겁고 더운 날에
남대문 나들이를 가신다고요
그것도 하나의 모험이라고 할 수 있겠습니다

비록 양산이라는 비장의 무기가 있다고 해도
아무리 시원한 여름옷을 입으셨다 해도
오늘 같은 날씨에 나들이라니 그 용기가 참 대단하십니다

하긴 어차피 다가올 여름이고 견뎌야 할 여름이지요
오늘보다 더 지독한 날이 부지기수일 텐데
미리 전초전 삼아 다녀오시는 것도 좋을 듯도 싶습니다

그렇게 더위를 한두 차례 다져 놓으면
앞으로 다가올 무더위나 폭염쯤은 일도 아닐 테지요
그보다 좋은 예방주사가 따로 더 없겠습니다

여름이건 겨울이건 더위건 추위건
즐기는 사람에겐 모든 것이 다 행복이지요
그렇게 세월 따라 나들이처럼 가는 게 인생일 테지요

뭉텅이 세월

월요일 시작하자마자 벌써 토요일
1월인가 했는데 어느새 3월

한 달이 한 계절이 휙휙 지나간다
뭉텅이로 쓸려 간다

인생도 덧없이 휩쓸려 간다
뭉텅이로 뭉텅뭉텅 뭉쳐서 흘러간다

젖먹이가 어느새 중년을 넘었고
소년은 남 일 같던 할배가 바로 코앞이다

야릇한 인생도 세월에 휩쓸려 간다
지나가는 건 모두 다 덧없다

여태껏 날린 모든 공수표

얼마큼인지 모른다

언제 발행한 얼마짜린지

기억 장부에 기록조차 없다

3부
공수표

감동

헌혈 몇 번 했더니 혈액원에서
우수헌혈 회원으로 등록되었다고
감사 선물 보내준다 하네

이렇게 감동스러울 수가
가지고 있는 피 조금 나눈 것뿐인데
우수회원으로 인정해 주다니

선물도 대접이라 고맙지만
별것도 아닌 작은 정성 알아주니
부끄러우면서도 고맙고 감사할 따름이네

변한 세상

길에 떨어진 10원짜리 동전
아무도 관심 없다

줍는 사람은커녕
눈길 주는 사람조차 없다

10원짜리 동전도 분명 돈인데
버려져 있는 동전이 너무 비참하다

그 돈으로 할 수 있는 게
아무것도 없는 까닭 탓일 것이다

떨어진 돈도 줍지 않는 세상
10원짜리 돈은 돈도 아닌 세상

세상 참 많이 변했다
나 어릴 땐 무조건 다 주웠는데

무슨 큰 횡재라도 한 듯이
망설이지 않고 얼른 주웠는데

그런 날이 바로 땡잡은 날이었는데
재수 엄청 좋은 날이었는데

이런 후회

이제 와 생각하니
지난 세월 돌이켜보니
잘 먹고 잘 살 수 있는 길 많았었다

몰라서 안 한 것도 있고
알지만 싫어서 안 한 것도 있고
지레 두려워 일찌감치 포기한 것도 몇 있고
성격이나 적성에 맞지 않는다고 비껴간 것도 있고

그 많은 길 다 버리고
지금 이 한심한 길을 가고 있네
이제 와 곰곰 생각해 보니

거부

볼수록 더러운 선전 광고
사람들을 속물로 못 만들어 안달하는
그게 뭐 그리 대단한 물건이라고
유치하고 아니꼬운 꼬락서니를 보여주다니

내 그것만은 절대 사지 않으리
죽어도 갖지 않으리
질투와 선망 속에 모두가 못 가져 아우성쳐도
그 대열에 결단코 동참하지 않으리

어떤 소동

도서관에서 책 살피는 도중에
느닷없이 전화가 울렸다

조용한 곳이라서 더 크게 울렸다
당황해서 얼른 받았다

다 숙어가는 목소리로 여기 도서관이라고
몇 마디 하는 둥 마는 둥 하고 끊었다

놀란 가슴 쓸어내리며
진동으로 바꾸는 중에 직원이 다가왔다

전화는 진동으로 해주시고요 통화는 나가서 해주세요
이 정도면 통화한 것도 아니죠

살짝 웃으면서 받아넘겼으나 마음은 씁쓸했다
나는 적어도 그 정도 양식은 갖고 사니까

가능성

나에겐 군자가 될 소지가 2% 있다

화이부동(和而不同)

그 2%의 소지가 나를 가만히 들뜨게 한다

냉이의 운명

새봄을 먹는다
방금 솟아 나온 연초록 나물
이름도 상큼한 냉잇국을 먹는다

길고도 힘들었던 지난겨울
무던하게 참고 견디어
새 세상 기쁨으로 맞는 줄 알았더니

햇살 좋은 어느 날
그만 시골 아낙 눈에 띄어
바구니에 담겨 그 집 밥상에 올랐네

나 이렇게 이 세상 떠나
더 큰 저 세상으로 나아가려 하네
풋풋한 세상을 위해 살았네

나 아무런 미련도 없으니
이렇게 간다고 애달파 하지 마오
부디 내 생명 받아 더 푸르게 살아주오

냉이라는 이름으로 세상에 나와
그대 만난 것도 운명이려니
나의 길은 여기까지 나 편안히 저 세상 가려오

결실

감자를 캤다
알이 좋다

긴 가뭄에도
잘 견뎌주었다

구슬땀 흘린
아침 한나절

큰 결실에
입 찢어졌다

힘들었던 시간
다 잊었다

세상이 한층
은혜로웠다

시에 대한 소회

시를 쓰지 않는 날은 있어도
시를 읽지 않는 날은 하루도 없다

시를 얻지 못하는 날은 있어도
시를 생각하지 않는 날은 하루도 없다

시를 손에서 놓는 날은 있어도
시를 잊고 사는 날은 하루도 없다

시를 가까이하지 않는 날은 있어도
시가 멀어지는 것은 용납하지 않는다

지금 쓰는 시가 좋은 시는 아니어도
좋은 시를 쓰겠다는 생각은 변함이 없다

좋은 시를 짓지 못해 속상하지만
장난삼아 심심풀이로는 절대 쓰지 않는다

공수표

오늘도 공수표 날린다
거듭되는 나의 일

여태껏 날린 모든 공수표
얼마큼인지 모른다

쌓이고 쌓여 있을 그것
어디부터 풀어야 할지도 모른다

언제 발행한 얼마짜린지
기억 장부에 기록조차 없다

그래도 억센 기운 하나 남아 있어
지금까지 버티어 온 것

나는야 오늘도 공수표 날린다
쌉싸름한 그 맛에 산다

김매기

힘은 힘대로 들고
배는 배대로 고프고
땅은 땅대로 딱딱하고
목은 목대로 타고

해는 갈수록 뜨겁고
시간은 죽어라 안 가고
기다리는 새참은 소식도 없고
할 일은 아직도 까마득히 남았고

가요무대

세월 따라 노래도 흐른다
사람은 갔어도 정다운 노래는 오롯이 남아
오늘 밤 그리운 옛 노래에 젖는다

지금은 이 세상에 없는
저세상 사람들의 노래를 다시 들으며
살아온 오늘과 살아갈 내일 생각에 울컥 목이 멘다

인생은 짧고 예술은 길다더니
사람은 가고 없어도 남은 옛 노래는
지금도 여전히 수많은 가슴 여울지게 한다

좋은 개

이쪽 개가 짖으니
저쪽 개도 짖네

짖지 못하는 개는
개도 아니지

짖지 못하면
좋은 개가 아니지

잘 짖는 개도 꼭
좋은 개는 아니지

아무 때나 짖는 개는
더욱 그렇지

모든 개가 다 짖을 때
짖지 않는 개는

멋지고 좋은 개지
침묵이 뭔지 아는 개지

개념

아무리 슈퍼카라고 해도
중고차는 안 산다

그냥 한번 타보고는 싶다
하지만 소유는 싫다

되팔지 않겠다는 소선으로
그냥 준다고 해도 싫다

단지 고성능 차에 대한
관심이 있을 뿐이다

나는 편한 차에 끌린다
이젠 목숨 걸고 달릴 일도 없다

빈 깡통의 비애

큰길에 버려진 빈 깡통 하나
바람에 쓸려 굴러다닌다
투다당 퉁탕 탕탕탕

소리가 요란하게 날 때도 있고
얌전히 또르르
굴러가기만 할 때도 있다

누가 버렸을까 누가 버렸는지
다 마신 깡통 함부로 버린 찬란한 저 양심
앙칼진 신음소리 내며 쫓겨 다닌다

이리저리 끝 간 데 없이
부는 바람 따라 정처도 없이
부서지는 소리 따라 눈물도 아픔도 없이

뷔페에서

오늘은 원 없이 먹으리라
조금씩 자주 갖다 먹으리라
일찍 들어와서 늦게 나가리라
모든 음식 다 먹어 보리라

하나도 남김없이 싹싹 먹으리라
쉬어가며 천천히 먹으리라
먹는 맛의 진수를 느껴보리라
배가 터지도록 먹어보리라

그러다 배가 터져도 좋으리라
마침내 원 하나를 이루리라
소원 이룬 이 뷔페를 사랑하리라

어쩌자고

오랜만에 헌혈을 했다
헌혈하는 당신이 영웅이란다
영웅 되기가 이리 쉽다니

우리나라엔 영웅들이 정말 많다
그런데도 나라는 늘 술 취한 듯 비틀비틀
수시로 흔들리고 어지럽다

일 하나만 터지면 끝이 없다
죽어도 물고 늘어지는 건 도대체 누굴 닮은 것일까
하루도 조용할 날 없는 옛날에 조용했다던 나라

나라도 나이를 먹으면 망령이 드나 보다

아버지

흙과 더불어 사시던 아버지
옷에 흙 묻어도 조금도 개의치 않으셨네
오히려 흙 묻을수록 즐거워하셨네
진정 옷에서 흙 떨어질 날 하루도 없길 바라셨네
먼 길 떠나시는 날까지 흙냄새 맡으셨네

인생

잡아야만 사는 것이 인생이다
산목숨을 내가 살기 위해 잡아야 하고
죽은 목숨까지도 내가 살기 위해 다잡는다

인생엔 잡아야 할 것 투성이다
다 썩어 끊어지기 직전의 지푸라기라도 필요하면
잡아야 하는 것이 인생이다

수많은 인연을 잡아서 내 삶을 꾸리고
수많은 목숨을 잡아서 내 삶을 살찌운다
더 많은 것들을 끝없이 잡아야만 되는 것이 인생 아닌가

지루하리만큼 반복되는 생활을 잡고
끝도 없이 타오르는 사랑과 욕망을 잡아가면서
끝내는 죽음마저 붙잡아야만 하는 것이다

흩어지는 잠

밀려드는 졸음을 이기지 못하여
가만히 몸을 눕히면 스르르 단잠에 잠긴다
소위 말하는 쪽잠이다

잠시 들었던 달콤한 쪽잠 한 조각에
늘어졌던 몸과 마음에 다시 활기가 맴돌아
이내 정신이 생생해신다

시간 지나 잠자리에 들어 잠을 청해도
이미 달콤한 쪽잠으로 잠 맛을 깊게 본 내 몸엔
잠이 흩어져 달아나기 일쑤다

멀뚱멀뚱 오지 않는 잠을 헤아리며
길고 긴 밤을 허우적거린다
잠은 이미 한발 앞서 저 멀리 떠난 버스와 같다

그대가 예쁜 이유

그대가 예쁜 이유는
음식을 잘 만들어서가 아니라
모든 음식을 맛있게 잘 먹기 때문입니다

그대가 건강한 이유는
매사 작은 일상에도 언제나 감사할 줄 아는
따뜻한 마음을 가졌기 때문입니다

그대가 아름다운 이유는
주어진 일에 마음을 다해 정성을 쏟을 줄 아는
진실한 마음을 지녔기 때문입니다

존경

회장님이 경차를 탄다면
기꺼이 존경한다

머리 숙여 가슴으로 받들며
마음 깊이 존경한다

그러나 고급 외제 차를 타는 한
나의 경멸은 계속될 것이다

있으면서 소박하고 검소하게 사는 것
할 줄 알면서 하지 않는 것

그 경지를 존경한다

독서삼매경

아주머니 한 분 길을 걸으며
책에서 눈을 못 떼신다

무슨 책이 얼마나 재미있길래
저리 눈도 못 떼고 가시나

행여 넘어지실까 걱정스럽다 조심하세요
요즘은 핸드폰에서 눈 못 떼는 사람들 천지인데

그 모습이 너무 인상적이었다
사뭇 충격이어서 한동안 지켜보았다

눈은 거의 두 배로 커졌으나
입가에 번진 미소는 몇 배인지 알 수 없었다

방금 전까지 같이 있었으나
순식간에 이산가족으로 변했다

한 뿌리에서 나온 고귀한 인연
세상 어디로 가더라도 부디 잊지 않았으면 좋겠다

4부
한 뿌리에서

박수치기

박수 많이 치면
건강에도 좋고 기분도 좋아진다는데

돈 드는 일도 힘든 일도 아니고
장비나 공간이 코치가 필요한 것도 아닌데

성발 안 하게 돼
벌써 오래전부터 아는 건데 그래

너무 쉬운 일이라서
그런가 봐

한 뿌리에서

뿌리 하나에서
수많은 새끼들 나온다

한 뿌리에서 나온 형제들
갈 길이 제각각이다

방금 전까지 같이 있었으나
순식간에 이산가족으로 변했다

얽히고설켜 뒤죽박죽된 밭이랑에서
한 번 헤어지면 두 번 다시 만나기 어렵다

한 뿌리에서 나온 고귀한 인연
세상 어디로 가더라도 부디 잊지 않았으면 좋겠다

충동구매 다스리기

뭔가 자꾸만 사고 싶다
그곳이 그리워 몸이 근질거린다

살 것도 별로 없는데
돈도 없어 살 수도 없는데

마음은 벌써 흔들린 지 오래
엉덩이도 아까부터 들썩거리고 있다

먹고 입고 갖고 싶은 것투성이인 세상은
하고 싶은 것도 무지 많지만

수행할 능력이 턱도 없이 부족하니
이걸 어떡해야 좋단 말인가

쌓이는 스트레스 풀 길 없으니
이렇게 엉터리 시나 한 수 짓는 수밖에

어떤 다비

경칩도 지나간 지난 일요일
아버지가 만든 보온덮개 가리를 몇 년 만에 허물었다
그 속에서 나온 죽은 고양이 한 마리
바짝 말라 있었다

이것저것 잡것들을 모아 밭에서 태우면서
처치하기 곤란했던 고양이도 함께 태워 주었다
이를테면 다비를 한 것이다
우리가 기른 고양이는 아니었으나 이것도 인연이라 여겨

쓸데없는 것들 주워 모아 모두 태웠다 활활
나름으로 제법 훌륭한 다비가 되었다
저녁 무렵 시작한 불놀이가 밤늦게까지 이어졌다
하늘에 별들이 뜨자 불길은 더욱 영롱했으나 꺼지지 않았다

다음 날 아침 현장을 찾아 뒤적여 보니
놀랍게도 타고 남은 뼈들이 눈에 띄기 시작했다
그 막강한 화력에 흔적도 없이 다 녹아 없어질 줄 알았는데
그 작은 몸에서 나온 뼈조차도 조각으로 남아 있었다

하루가 지난 오늘 아침 유골들을 수습해 묻어 주었다
그 억센 불길 속에서 타고 남은 뼛조각들
부서지고 잘라지고 속이 텅 빈 가늘고 작은 흰 뼛조각들
한 생명이 남긴 처연한 이승의 마지막 모습이었다

저승길

숨 끊어져 죽은 다음

냉동실에 들어가 얼어 죽고
염하면서 바짝바짝 조여 으스러져 죽고
입과 코 솜으로 막으니 숨 막혀 또 한 번 죽고
매장을 하면 땅에 묻혀 죽고
화장을 한다면 거듭 불에 녹아 죽는다

도대체 몇 번을 죽어야만 갈 수 있는 것이냐

좋은 하루

좋은 하루 보내세요

비극으로 끝난 미국 탈옥수들이
경찰관들을 조롱하기 위해 남긴 글이다

어쨌거나 오늘도 좋은 하루 만들어야 한다
좋은 하루가 모여서 쌓이면 좋은 인생이 될 테니까

그럼 오늘도 좋은 하루 보내세요!

어떤 현상
-떠는 다리

나도 한때 다리를 떤 적 있다
주로 젊은이들이 많이 보이는 현상이다
한시도 가만있지 못하고 달달 떠는 저 다리
한 다리는 가만있고 한 다리만 떤다

불안한 마음의 심리인가
아니면 그저 재미로 떠는 것인지
보기에도 그리 썩 좋아 보이는 현상은 아니다
방정맞은 그 모습에 눈살 찌푸려진다

보고 있으면 보는 사람 눈동자도 덩달아 떨린다

4부 한 뿌리에서
고급인생

군계일학

어디를 가도 빼어난 보석 있다
유난히 눈에 띄는 그 반짝임이 눈부시다

외형으로 아름답기도 하지만
감춰진 내면은 더욱 깊고 융성하다

한눈에 척 들어오는 경우도 있고
오랜 시간 함께 겪어야 아는 경우도 있다

백 마리 닭 중에 한 마리의 학
그런 존재가 되어야 하지 않을까 우리 모두는

자업자득

그렇게 말을 안 들어
꼭 헬멧 쓰고 오토바이 타라고
누누이 이르고 또 일렀건만

오늘 말 안 듣고 타다가 딱 걸렸다
크고 무거운 딱지 떼였다
말 안 들으면 손해가 따르는 법

무전유죄 따질 필요 없다
다 말 안 들어서 생긴 일이니
지키라고 한 건 지키는 게 좋은 법이다

소 잃고 외양간 고치기도
이젠 다 흘러간 옛말
이거야말로 소귀에 경 읽기다

음주운전이 끊이지 않는 이유다

너와 나

네가 어딘가를 향하여
거리에 시간을 쏟아부으며 찾아갈 때

나는 고요히 시 한 줄을 읽으며
나만의 시간을 갖는다

네가 시간을 쏟아부은 대가로
원하는 것을 목격하며 감동에 젖을 때

나도 그것과는 전혀 다른 세계를 거닐며
소박한 감동을 시로부터 얻는다

네가 노독으로 피곤에 절어 단잠을 청할 때
나는 편안한 마음으로 하루를 마감한다

각성

4전 5기 신춘문예 도전한다고
뜨거운 열망에 사로잡혔네

글 잘 쓸 생각보다는
큰 명성 얻을 꿈만 키우네

누구나 바라는 욕심과 소망
너라고 가져서 안 될 건 없지만

무르익어 숙성된 그릇이
아직은 아닌 듯하여

냉수 먹고 속 차리란 말은
차마 하지 못하고

그냥 가만히 지켜만 볼 뿐
뼈저리게 깊은 공부 언제 할는지

신춘문예 된들 어깨만 더 무거워질 터
그 무게 어찌 감당하려고

4부 한 뿌리에서
고급인생

심보

심보라는 게 있다
마음을 쓰는 속 바탕이란 뜻이다
그것에 무엇을 담고 있느냐가 문제다

심보 고약한 사람 있다
남이 싫어하는 거 굳이 하는 사람
자기 생각만 할 뿐 다른 사람 입장은 관심도 없는

심보 따뜻한 사람도 있다
남에게 피해주는 일 죽어도 안 하고
자기 생각보다는 남의 입장과 형편을 먼저 생각하는

흥부와 놀부 이야기 모르는 사람 없다
무엇이 고약한 심보인지 모르는 사람 없는데
세상엔 고약한 심보가 전성기를 맞은 듯 활개를 친다

세상이 맹렬하게 거꾸로 간다
갈수록 더욱 삭막해져 폭력으로 물들어 간다
머지않아 무법천지가 될 것만 같다

술이나 한잔

오늘은 종일 비 내려
옴짝달싹 꼼짝도 못 하고

순 엉터리 시(詩) 다리나 붙잡고
씨름 아닌 씨름 하면서

마음은 콩밭에 가길 주저 않으니
날은 끄물끄물 시는 비실비실

뭐 하나 제대로 되는 거 없는 날
일찍 문 닫고 쓴 술이나 한잔 꺾을까나

당부

아저씨
마음 예쁘게 쓰세요
지금껏 복 많이 받지 못했더라도

누가 알아요
나중에 복 많이 받을지
그래야 그럴 가능성이라도 생기지요

헛고생

10년 공부 도로아미타불이란 말
우스갯소리로만 알았네

공든 탑이 무너진다는 말
이제야 무슨 말인지 알겠네

쌓기는 어렵고 힘들어도
무너지는 것은 한순간이라는 것을

피기는 힘들어도
지는 것은 잠깐이라는 것을

튼튼하던 팔도 아차 하는 사이
간단하게 부러지고

그물 같던 촘촘한 수비망도
일순간에 걷잡을 수 없이 무너지지

세상 그 어떤 것도 영원할 수 없는 것
좋았던 한때가 지나가고 나면

모든 건 물거품처럼 사라지고 말지
흔적조차 깡그리 없어지고 말지

바탕

물이 맑아야
좋은 술이 빚어지듯이

사람도 맑아야
시도 맑다

사람이 새로워져야
시도 새로워지고

사람이 발전해야
시도 발전한다

좋은 시는 저절로
나오는 것이 아니다

각오

내 너를 잡으리라
저 지옥으로 보내주리라
널 잡은 나도 천국 가긴 틀렸지만
내 기필코 널 잡고야 말리라

평화로운 이곳
네가 깬 평화의 대가를
아주 혹독히 치르게 해주리라
네 죽음으로 그 책임을 지게 하리라

알뜰한 당신

통신비 부담스러워
통화 대신 문자를 즐기신다고요
참 알뜰한 당신입니다

요즘 같은 세상
한 푼이라도 더 아껴야지요
당신 같은 사람만 있다면 좋겠습니다

분명 나름 바람직한 일입니다
그래도 목소리 듣고 싶을 땐 통화해야지요
행여 예쁜 목소리 잊으면 어떡합니까

안도전

아주 먼 데서 이사 왔다는데
그 거리가 무려 직선으로 200미터

간다 간다 하면서 아직도 못 갔다는 이사
돈이 없어 못 갔다는데 부족하단 그 돈이 단돈 100원

좋은지 싫은지도 모르면서 살았다는 첩첩 산골 어느 동네
지금도 그렇게 산다는 그 세월이 무려 80여 년

있는 건 온통 돌멩이뿐이라는 그곳
1년 동안 쑥쑥 자라는 것도 돌들뿐이라고

사람이 살기에 가장 좋은 곳이 해발 700미터라는데
강원도 정선 안도전 그곳이 바로 그런 곳이라고

전국에서 가장 눈[雪] 많이 오는 곳 중의 하나라면서
눈이 안 오면 심심하고 눈이 많이 와야 마음 편해진다는

그 인심 좋고 물 좋고 공기도 좋아
사람 살기 좋다는 안도전에 꼭 한번 가보고 싶네!

그렇게 알고 사세요

새소리 들으며 사는 게 행복이지요
그렇게 알고 사세요

흙 밟고 흙냄새 맡으며 사는 게 행복이지요
그냥 그렇게 알고 사세요

대출에 시달려 힘겨워도 가족들 건강하면 행복이지요
행복이 별건가요 그렇게 알고 사세요

일 없어 빌빌대며 살아도 가슴 따뜻하면 그게 행복이지요
그렇게 알고 사세요 그게 진짜 행복이니까요

맹점

내가 예쁜 여자에게 약하다는 사실이
벌써 짜하게 동네방네 소문이 났나

누구인가 눈치 하나 빠른 사람
내 최고의 맹점 정확히 찾아냈구나

예쁜 여자만 보면 사족을 못 쓰는 몹쓸 병
언제 또 도지나 목 빼고 기다렸는데

걸려보지 않은 사람은 그 무서움 절대 모른다
아무런 치료제도 없는 불치병

뜨거운 물에 설탕 녹듯 스르르 녹아내린다
제풀에 허물어져 속절없이 무너져 내릴 뿐이다

자양분

신문 끊었다
머릿속이 비겠구나

벌써 허전하다
무언가 확 빠져나간 기분

삶의 한 축을 잃은 느낌이다
이제 무엇으로 마음의 자양분을 쌓나

팔불출

감동스런 이야기하다가
스스로 목이 메어 할 말도 제대로 못 하는
감성만 칠칠맞게 넘쳐나는 사람

다 타고난 일이라
제힘으로 어쩔 수 없어
평생 가슴으로 끌어안고 헤쳐가야 할 일

하고 싶은 말은 많아도
수시로 눈시울 붉어지고 울먹거려
남들 앞에 서는 일도 쉽지 않아 두려운 못난이

감성 풍부해도 지나치면 흠이라
그래도 없는 것보단 나으니
넘치는 그것으로 아름다운 시나 많이 많이 지으시게나

어디를 가더라도

어디서 살 건 사는 건 마찬가지
어디서 사느냐가 중요한 것이 아니라
어떻게 사느냐가 중요한 것

어디서 살 건 살아지게 마련이다
먹는 게 달라져도 먹어야만 하는 것도 같고
만나는 사람들이 달라져도 부대껴야 하는 일도 같다

무언가 살기 위한 일을 해야 하고
누군가를 만나며 새로운 환경 속에서 인생을 엮어야 하고
세월의 흐름에 몸을 맡기며 가정을 꾸려가야 한다

고향을 떠나 다른 곳으로 가는 건 자유다
타향으로 가건 아예 이민을 가건
그대여, 어디를 가더라도 부디 착한 마음 잊지 말거라

이 도서의 국립중앙도서관 출판예정도서목록(CIP)은 서지
정보유통지원시스템 홈페이지(http://seoji.nl.go.kr)와 국
가자료종합목록 구축시스템(http://kolis-net.nl.go.kr)에
서 이용하실 수 있습니다.
(CIP제어번호 : CIP2019023273)

Over a Wall Poetry
31

인지생략

꼬급인생

2019년 6월 11일 초판 1쇄 인쇄
2019년 6월 19일 초판 1쇄 펴냄

글 사진 | 강돈희
펴낸이 | 송계원
디자인 | 송동현 정선
제 작 | 민관홍 박동민 민수환
펴낸곳 | 도서출판 담장너머
등 록 | 2005년 1월 27일 제2-4102
주 소 | 11123 경기도 포천시 화현면 달인동로 89-1
전 화 | 031-533-7680, 010-8776-7660
팩 스 | 031-534-7681
이메일 | overawall@hanmail.net
카 페 | http://cafe.daum.net/overawall

2019 ⓒ 강돈희

ISBN 89-92392-56-3 03810
값 10,000원

* 이 책의 제작비 일부는 포천시 문화예술발전기금을 지원받았습니다.